퐁이의 하루

몽글몽글 퐁실퐁실

후루얀 글·그림
이소담 옮김

해피북스
투유

띠리리리링

몽이랑 약속했는데 늦겠다!

악! 깜빡 또 잠들었어!

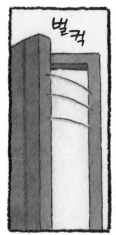

벌컥

서두르자!

서두르자.

?

몽이

- - - - - - -

토끼. 여자아이.
야무진 성격으로
언제나 퐁이를 잘 챙긴다.
연말 점보복권을 사는 게
매년 가장 큰 기쁨.

character

퐁이

- - - - - - -

하얀 강아지. 남자아이.
천진난만하고 살짝 어리바리.
매력 포인트는 복슬복슬한 꼬리.
매일 열심히 빗질한다.

찍찍이

- - - - - - -

퐁이의 집에 몰래
들어와 살고 있다.
존재를 들키지 않으려고
스릴 넘치는 생활을 즐긴다.

찹쌀떡

- - - - - - -

퐁이의 빠진 털에서 태어난
수수께끼 생물.
'찹쌀떡'이라는 이름은
퐁이가 지었는데,
본인은 별로 좋아하지 않는다.

시로 아저씨

- - - - - - -

퐁이와 몽이의 보호자 같은 존재.
뭐든지 잘해서 의지가 된다.
서스펜스 드라마를 좋아한다.

제1장

따사로운 시간

편식

둥지

아주 멋진 나뭇가지

풍선

소프트아이스크림

비밀기지

장식

시도

꿍차
꿍차

리

후후

오늘의 운세

감기약

마법

저금통

청소

오늘은 방 청소를 하자.

아! 잃어버린 줄 알았던 책! 침대 아래에 떨어져 있었구나.

청소는…?

번쩍

나는 점점
튼튼해질 거야!

종이의 하루

도장

두피 마사지

강아지풀

목욕탕

제2장

가끔은 산책

측량

빗자루

이어나기

꿀

또 자기

랩

해변

아침 먹기

매실 절임

빗질하기

버스

시로 아저씨 돕기

해먹

해먹

점심 먹기

세발자전거

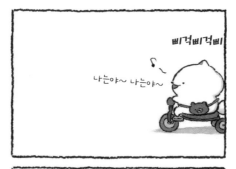

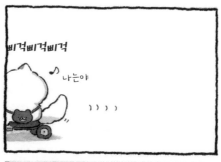

철도 건널목

까마귀

내 차

사진

눈 감음

콧물

기침 직전

풍이가 제대로 찍힌 사진이 하나도 없네…

저녁 먹기

화면 속 퐁이

목욕하기

잘못된 계산

이얍!

찌릿···

두 단은 가능할 줄 알았다

뒹굴뒹굴

정전기

큰 소비

제3장

우물우물 오물오물

애착 턱받이

52

속도 조절

바텐더 흉내

물병의 보온성이 대단해

단골 가게

시식 코너

치과

꿈

유혹

양치기 아르바이트

낚시

뺨

자연해동

시원한 곳

더워···

벌컥

시원한 곳···

오, 여기 바람이 분다

끙차끙차 끙차끙차

붕붕~

시원해~

67

커피잔 놀이기구

젤리

호박 접시

제4장

기분 좋은 날들

허수아비

미아

아르바이트

휴식

아침 준비

꼬맹이의 고충

머리 삐침

복숭아 동자

롤러 미끄럼틀

판다 선배님

84

생방송

인형 뽑기 게임

착각

먼저 온 손님

잠꼬대

제5장

느긋하게 휴식

개굴개굴이

나들이

하늘을 날고 싶어

해적 통아저씨

열리지 않는 문

비눗방울

커트

풍부한 상상력

104

따라 말하는 인형

같이 자기

기차놀이

상자 안에 뭐가 들었을까

자유

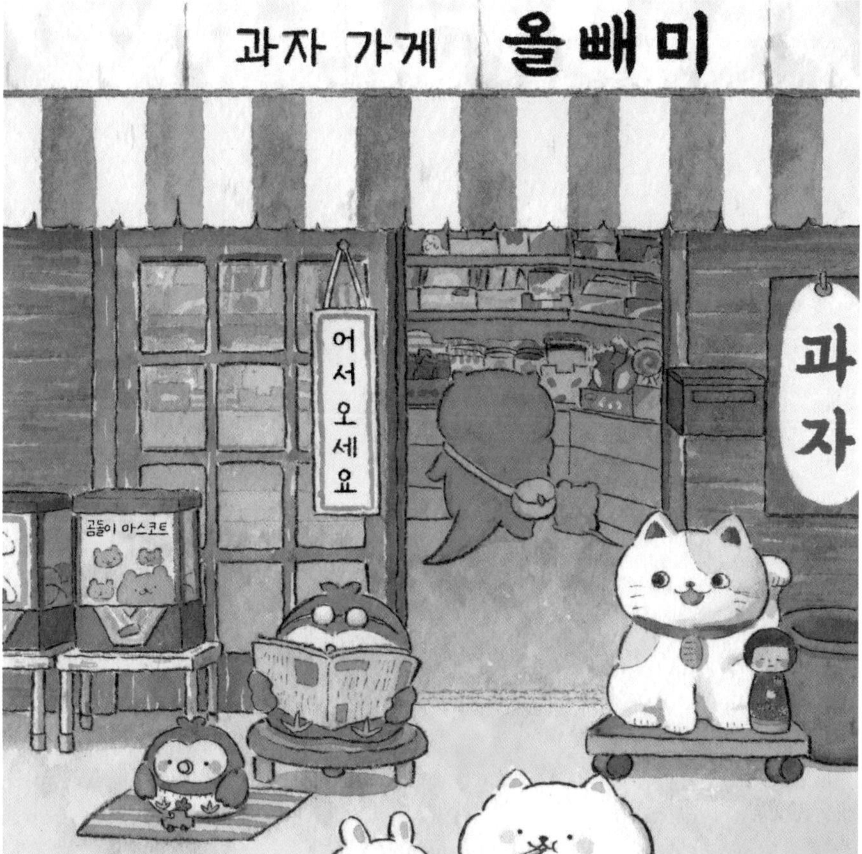

띵동

크림

111

많이 잘수록 무럭무럭 자란다

밥풀

선잠

거대화

별똥별

여기는 풍이의 모교입니다.

이길 거야!!

복슬복슬 꼬리 대결!

많이 놀고

그거 맞니~

어서 오세요!

인사를 배우자

아침 인사가 뭘까요?

많이 배우고

혼자서도
잘하는
생활을 위해
공부합니다.

모…
몽이예요.
잘 부탁
합니다….

오늘은
새로운
친구가
왔어요.

이제
점토 놀이
시간이야.
같이
하자!

긴장
안 해도
돼!

졸업
축하해!

123

딩동

이웃의 도움을
받으며
새로운 생활을
시작합니다.

학교를
졸업하면

오늘부터
이 동네에서
생활하게
될...

시로
아저씨.
오랜만
이에요!

벌컥

네~

몽이
입니다.

퐁이와

 마무리하며

이 책을 읽어주신 여러분, 진심으로 고맙습니다.

퐁이는 집에서 키우던 강아지를 모델로 만든 캐릭터입니다.

2020년부터 꾸준히 그리기 시작해

차츰차츰 퐁이의 친구들도 늘어났죠.

지금까지 이렇게 그릴 수 있었고 책으로도 나올 수 있었던 것은

언제나 응원을 보내주신 여러분 덕분이에요.

앞으로도 퐁이와 친구들의 훈훈한 일상을

즐겁게 지켜봐 주세요.

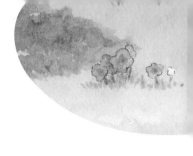

책을 만드는 데 도움을 주신 모든 분께

감사 인사를 드립니다.

고맙습니다.

후루얀

HONOBONO KEN PONCHAN

©Furuyan 2023

First published in Japan in 2023 by KADOKAWA CORPORATION, Tokyo.
Korean translation rights arranged with KADOKAWA CORPORATION, Tokyo
through AMO AGENCY.

퐁이의 하루

초판 1쇄 인쇄 2025년 3월 19일
초판 1쇄 발행 2025년 4월 7일

글·그림 후루얀   펴낸곳 (주)해피북스투유
옮긴이 이소담   출판등록 2016년 12월 12일 제2016-000343호
펴낸이 김문식 최민석   주소 서울시 서대문구 신촌로 25-1 보고타워 4층
총괄 임승규   전화 02)336-1203
책임편집 조연수   팩스 02)336-1209
기획편집 백승민 이혜미 김지은
         김민혜 박지원
마케팅 조아라
디자인 배현정

© 후루얀, 2025
ISBN 979-11-7096-408-7 (03830)